U0027712

星期六的情話 1

Smooth Saturday:
The Complete Revised Edition

－新編完全版－

作・綜合口味
Presented by MixFlavor

墨鏡好朋友們熱情見證推薦

若放閃可以發電，本書就是一座核電廠！閱讀時出現畫面空白及眼睛睜不開之反應皆屬正常現象，建議搭配墨鏡欣賞。

Ai
欸埃

小心了！這本書打開來很閃亮！很刺眼！所以一定要先戴上墨鏡再看！

Daubro
盜哥

情侶間的感情要保持甜而不膩是很有學問的，愛放心中都不講會讓人覺得呆，說過頭又讓人覺得油，該怎麼拿捏其中奧妙呢？我想都在這本書裡面了～這真的是一本很懂的書喔！

Red Soda
红色蘇打

「齁唷！好會！」墨鏡戴上！最甘願被閃瞎的漫畫，非綜合口味莫屬！

Missfancy
花心小嵐

每次都出其不意，每次都閃得會心一笑、閃得剛剛好，閃出新高度！閃到讓生活跟感情也一起被照亮，是綜合口味的超能力！

914JM
邪仔甩尿布

非常建議綜合口味兼職墨鏡大盤商，每次登場都會促進墨鏡銷量，閃光彈無限炸！看完都好想一直談戀愛呀！

Bosstwo
不死兔

每一篇被閃得迅雷不及掩耳的情侶小故事都好喜歡，就算被閃瞎也心甘情願！

Ameow
少女阿妙

沒想到我都已經整天宅在家了，還是被閃瞎了狗眼……

Kuso
枯鎖

聽說綜合口味出書了我立馬下訂，結果居然收到一本白色的書？可能是訂到特別版吧，我到書店再買一本好了。

Charlie87
茶里

本漫畫打開只有強光，不會有其他內容。

WaLanDao
藍島

這是一本需要墨鏡、不能裸視的書啊！

Off60
四小折

這對夫妻的甜蜜情話，包準各位甜到牙疼、閃到眼瞎。

Axin
阿星

老夫老妻不再熱戀？讓綜合口味教你如何成為撩妻（夫）達人！

Pony
黑盒子

綜合口味總是能用極簡的格數，把肉麻的情話發揮到淋漓盡致，這放閃能力真是非常可惡！

Wei Teng
微疼

超有趣的！我總是一再被逗笑，無論是創意、臺詞、作畫，都以最佳方式組合在一起，很喜歡這個讓人輕鬆享受的好作品！

Hsieh Tung Lin
謝東霖

身為綜合口味的資深墨鏡人，多年來被閃到累積不少新舊傷害（咳）但偌大的世界能有這麼對情人，熱戀就是十幾年，讓人即使眼前一片白，也會祝福他們再戀一甲子。

XiaoYaComic
陳小雅

咦！書本怎麼都是空白的？太閃了啦！大軒與小莓的互動實在是太可愛了，敲碗更多幸福日常。

Tina19455
鮭魚子

特別推薦給各位宅男們好好學習實踐裡面的鄉土情話，祝福各位都能順利脫單！

hellohoney520 ahui3c
Hello! 哈妮 & 廖阿輝

自從看了星期六的情話，我的假日都變得輕鬆愉快！
JIEJIE UNCLECAT
爵爵 & 貓叔
裡面的內容比我的翹臀還更精采。
Chumi
秋米
Shika
西卡
每次和綜合口味出門，都要做好準備被閃瞎。但能看到如此可愛又溫暖的互動，真是讓人全盲也心甘情願！
Yoooko
妖子
情侶必讀！愛情長跑多年依然甜蜜如初，令人羨慕的恩愛夫妻大軒小莓維持戀愛心動感的祕訣！
問我為什麼推薦這本書？當你被情節閃瞎且求償無門時，你也會想再拖一個人下水的。
Sana
殺哪
這書太閃了吧，沒有墨鏡根本沒辦法看下去啊！
Boah
寶阿
被小莓大軒閃瞎無數次後，終於出書了！為什麼還要一直看……因為好看啊！
Achusan
阿啾
每次看到綜合口味的漫畫，就像談了一場青春的戀愛，我也好想有可以讓我天天有粉紅泡泡的另一半！
身為閃光受害者，我推薦大家看完這本書要去做眼睛雷射。甜份太高眼睛會瞎掉大家知道吧^^（愛開玩笑
hiphop200177
阿慢
注意看，這對情侶太狠了，沒戴墨鏡觀看本書，不出意外的話，馬上就要出意外了。
Karlow
低脂卡羅
這不只是本漫畫，是撩人神級教科書！
Sinkcomic
辛卡米克
thebz
海豚男
根據我的親身經驗，綜合口味夫妻閃瞎人完全是日常表現實境秀，這本書肯定也是閃炸，我得好好學習一下。
koujouchousama
廠長大人
生活小事細細品嘗，造就每一個讓人心動的瞬間！與綜合口味邂逅，感受特別的動心與愛戀～
20年前同住高雄一起逛校慶，20年後同住京都一起逛祇園祭。以後我家小孩可能都是讀綜合口味長大的！
foxwithpanda
京都狸貓潘達蓮
最耀眼奪目的撩人語錄大全！每翻一頁都充滿閃光的驚喜～閱讀前請務必戴好你的墨鏡！
Sboy
勇者株式會社
シュアン
阿軒
每一則小故事都很甜很暖！不知不覺就會露出幸福的微笑，但這是一本絕對需要搭配墨鏡一起看的「超級閃光書」！（見到作者本人時也需要）
每次發跟老公的閃文我都沒在怕，因為跟太陽神小莓大軒比起來，我們根本仙女棒。
30jknono
30才 jk 濃濃
Shaogao
囂搞
肉麻到令人不忍直視，我卻不自覺地想看下去！
シロマロ
小白
這本書太甜了！根本甜言蜜語教科書，而且閃光量直接讓墨鏡大賣！
WANWAN
彎彎

CHARACTER

Xuan　　Mei

大軒♂　小莓♀

大學開始交往 10 年的情侶
作者真實經歷
情話笑話傻傻分不清楚

Jeff　　Jane

杰甫♂　絜恩♀

姊夫 # 姊姊 # 新婚夫妻
辦公室戀情
成熟大人的醍醐味

Boyd　　Dove

博伊♂　朵芙♀

弟弟 # 妹妹 # 國中生
青春 # 校園 # 初戀
曖昧不明的青澀愛戀

CONTENTS

愛就是先滿足她的胃 8
感情路上誰都不能少 10
驚恐大於感動 12
我喜歡綜合口味 14
別責備對方不小心犯的錯 16
反正先回家也只能等待 18
駕駛座有讓人變帥的效果 20
這輩子都要幫我拿好喔 22
疲倦解除裝置 24
世界上最可愛的女生 26
只為妳演出 28
簡單的幸福 30
妳的專屬廚餘桶 32
妳一個人時我要怎麼放心呢 34
不能隨便示弱 36
唱進妳心裡 38
鼓起勇氣搭訕吧 40
分隔兩地也可以很甜蜜 42
其實這樣就夠了 44
喵喵喵喵喵 46
只在乎妳的評價 48
餐餐是大餐 50
謝謝妳選擇了我 52
不要太羨慕我 54
就像耶誕樹上最頂端的那顆星 56
再燦爛的煙火也比不上妳 58
就算走錯路我也會陪著你 60
希望每一年生日都有你陪伴 62
人生中最大獎 64
走路身體健康 66
用情話終結問話 68
爸爸的情話是曲球 70
假日懶惰是有理由的 72
觸電般的心動 74
感情已不像從前 76
有你在我就什麼都不怕 78
今天是什麼日子 80
我在妳心中的份量有多少 82
腦袋裝不下其他東西 84
不要在課堂放閃 86
難得妳這麼主動 88
你有喜歡的人嗎 90
碎了的話只有妳可以修補 92
與其抱歉不如抱抱 94
用身體賠 96
火鍋店點餐也有陷阱題 98
蔬菜鍋內也有陷阱題 100
神燈精靈 102
男分男捨 104
辣辣的更好吃 106
到底是不是自己想歪 108
老有老的風味 110
真的只是想喝水 112
正餐之後就是零食 114
呼呼呼哈嗯呼哈 116
重視結果的姊姊 118
一個不小心把自己賣掉 120
人活著就躲不了變老 122
婚姻平權的真正意義 124
感謝你的閱讀 126

有一種情侶是
才剛情竇初開的學生。
有一種情侶是
火辣辣的成人式熱戀。
有一種情侶是
無所不談的靈魂伴侶。
而他們之間的
共同點就是……

只要一句話，就能把世界變成少女漫畫。
唯恐天下不知道他們在談戀愛。

＃愛就是先滿足她的胃

我想吃飯糰～
不好意思……飯糰賣完了喔！
沒了？那走吧。
轉身
咦！我還是可以吃別的……
不許妳受委屈！
連飯糰都不能給妳……
我又有什麼資格給妳幸福呢?!

飯糰啊喔喔唔喔喔哦哦哦哦哦——!!
根本是你自己想吃吧……有個吃貨男友真好（？）

#感情路上誰都不能少

這樣就能更安心的跟妳走一輩子了！
……
喂，你忘了保護頭，難怪腦袋怪怪的……

＃驚恐大於感動

等等……
你「還沒跟鋼牙妹」是還跟哪些妹接吻過啊？
聽起來很多？
這故事的小啟示——女人真的很難哄（？）

#我喜歡綜合口味

我……我也……
喜歡我自己。
小莓擁有能把大軒「一句話打回現實」的反浪漫能力……

#別責備對方不小心犯的錯

安慰完人
立刻上網找
搶救教學！

手機泡水4步驟
❶ 別急著開機！
❷ 趕快退出SIM卡槽！
❸ 盡量擦乾所有看得到的孔！
❹ 吹風機冷風吹完進防潮箱！

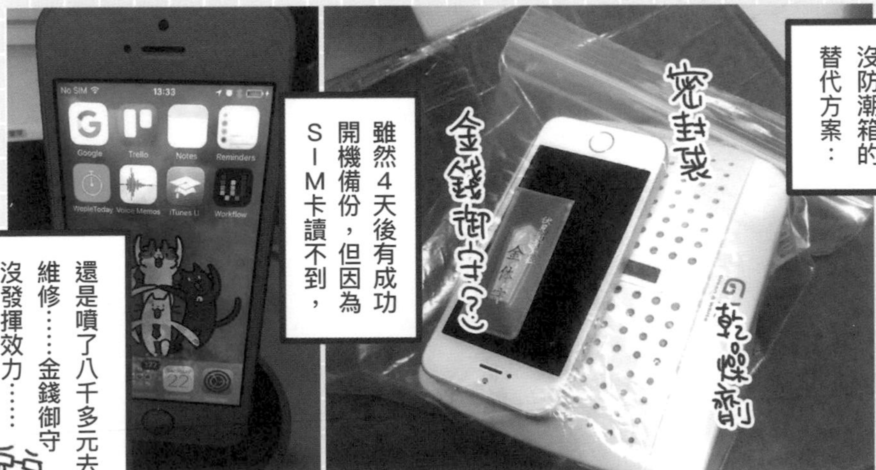
沒防潮箱的
替代方案：
密封袋
乾燥劑
金錢御守
雖然4天後有成功
開機備份，但因為
SIM卡讀不到，
還是噴了八千多元去
維修……金錢御守
沒發揮效力……

＃反正先回家也只能等待

女友坐在後座
等紅燈時的宿命
男友的摸腿攻擊。

＃駕駛座有讓人變帥的效果

女友坐在副駕駛座的宿命依然是
男友的摸腿攻擊。

#這輩子都要幫我拿好喔

五分鐘後
手心好濕好熱!!
到底該不該掙脫……

#疲倦解除裝置

蚊子……蚊子會
飛進來的！

噠！

#世界上最可愛的女生

欸欸欸！
剛剛有雙超～～～完美的腿跟我們擦肩而過!!
你有看到嗎?!
沒看到。
要追上去嗎？你沒看到真的超可惜耶！
不用了。
非正式統計
通常女友比男友還愛看妹子……

#只為妳演出

OK，我本來不想用這招的……
？
喔喔喔！你在演魔髮奇緣的尤金嗎？
挑眉
為什麼猜得出來?!
給我跟尤金的粉絲道歉喔！

#簡單的幸福

那這些是我想要的七夕禮物！
當天記得準備好喔！
清單①
・吃大餐
・起司蛋糕
・新項鍊
(請參考清單②)
・花
・巧克力
・電影
沒在客氣的！

#妳的專屬廚餘桶

這是改變挑食習慣的好機會！
來！吃吧！
咬一口巧克力
咬一口絲瓜
咬一口茄子

妳一個人時我要怎麼放心呢

下一秒……
哈哈哈!!
鳥 也對你投懷送抱！

＃不能隨便示弱

為了我們的未來！
從現在就要開始訓練你！
加油!!
敢說重你就死定了
▲4F
▼3F

#唱進妳心裡

擋不住你
我左閃右閃！
攻擊多凌厲！
哈！
哈哈哈
超會唱的欸！
微疼好帥！
專心錄影中
靠近…
在電光石火中
我看不清妳的身影
該做些什麼才能
打動妳的芳心？
勇氣下得夠不夠重
決心閃個片甲不留

愛恨消失前～
用手溫暖我的臉～
為我證明我曾真心
愛過你～～
愛過你～～
愛過你～～
愛過你～～
愛過你～～
愛過你～～
愛過你～～
三個男人在對唱情歌……

#鼓起勇氣搭訕吧

小姐，你們這個集點可以幹嘛呀？
噢！這個啊！
只要集滿點數，就能換精美禮物！
單子裡有很多禮物可供挑選喔！
但是……我想要的禮物
是妳的手機號碼。
人家已經有男朋友了……
男朋友

當年大軒搭訕小莓是在大一時的迎新派對……
我幫學長姐收集新生的聯絡資料，
妳寫一下MSN跟電話吧！
大家都寫了~
噢！好！

計画通り
けいかくどお
NOTEBOOK

#分隔兩地也可以很甜蜜

小莓來～我幫妳把魚刺都挑掉了～！
謝謝～
你們乾脆坐在一起！

其實這樣就夠了

可惡！
弓箭手被火球打死了！
吃我的王子啦！
啊啊女巫好煩！
糟糕在倒數了！
你還是出去好了。

喵喵喵喵喵

11月11日
是摳摳生日！
喵——!!
摳摳生日快樂！
耶耶！
那我們來吃披薩
慶祝吧！
但摳摳不能吃喔！

#只在乎妳的評價

如果傳到FB上讓妳的
情敵變多了的話，
那我不就太罪惡了？
畢竟我早已心有所屬 呵呵
……

#餐餐是大餐

第一次畫男人
光溜溜的屁屁……
好像有什麼
奇怪的開關被打開了……

#謝謝妳選擇了我

我要吃義大利麵還是燉飯？三明治好像也不錯……呃，還是漢堡？還是披薩……
（思考半小時後……）
唔……你幫我決定好了……
好喔。
……我做事猶豫不決的，你一定覺得很煩吧！
不會啊！
這就表示，
我是妳猶豫很久才選定的男人啊！

不猶豫祕訣！
不藏私大公開！
剛才她說到的義大利麵、燉飯、三明治、漢堡、披薩全部給我來一份。
MENU
就是……
管他的，全選就對了。

#不要太羨慕我

親愛的，妳是我最漂亮的女朋友～
意思是你有別的女朋友嗎？嗯？
這是失敗的星期六的情話

就像耶誕樹上最頂端的那顆星

閃耀的真相
穿搭超顯眼。
發現一顆會走路的大草莓
……

再燦爛的煙火也比不上妳

喜歡我的笑容啊……

就算走錯路我也會陪著你

這樣才能跟妳
相處比較久啊~
忘記加油。

#希望每一年生日都有你陪伴

等等！如果我們老了……
摳摳就…摳摳就……
不!!我不要變老！
嗚哇哇——!!
誰都不准變老！

#人生中最大獎

威丸彩
發
少年欸！
過年買張樂透啊～
彩
不用啦，我不會中獎的。
哎呦～不買看看怎麼知道咧～
與她相遇，就已經花掉了我這輩子所有的運氣。

那我可以買嗎？我的運氣應該還沒花完！
威丸彩
發
威丸彩

＃走路身體健康

當年我可是靠著18歲時
打工賺來 13000 元買的
二手老野狼（1991 年產）
就追到小莓了呢！
我什麼都沒有，
只有一片真心！
……

#用情話終結問話

房價居高不下，讓年輕人被壓得喘不過氣、叫苦連天。
NEWS
你們在臺北住這麼久了，有沒有考慮買房呢？
厚……媽～沒有啦……
沒有考慮過，畢竟……
我們已經住在彼此心裡了。
NEWS

那……你們的貼圖賣得好嗎？
驚！
安——靜…
……怎麼氣氛比問買房還尷尬??
後來……
這是我女兒畫的貼圖，下載完才給你們紅包。等一下我檢查。
媽!!!!!

爸爸的情話是曲球

當爸爸這樣說時
哎唷喂夭壽骨哦！煮這麼大鍋做啥？妳把我當作豬嗎!?
怎麼煮你都嫌捏！
奇怪欸！
其實是這個意思
妳煮得實在太好吃，整桌都會被我吃光的。
若是變作豬，妳還會愛我嗎？

媽媽——
我還要再一碗飯……
……算了當我沒說。

#假日懶惰是有理由的

當爸爸這樣說時
難得的假日還一天到晚都窩在家……你這懶鬼！
妳瘋了嗎？
明明就沒什麼事情幹嘛出去人擠人！在家還比較輕鬆！
其實是這個意思
我的假期，有妳陪伴就夠了。
在妳身邊才輕鬆。

妳要去哪？
我要離家出走。
那順便幫我買蛋。
妳爸喜歡吃蛋

#觸電般的心動

啊！又被門把電了！
好煩！
啪！
你怎麼放電也沒用，她早已經是我的女人了！
別再騷擾她！
怒視

#感情已不像從前

啊對！你還變胖
這就不用提醒了。

#有你在我就什麼都不怕

需要我的時候，可以抱這個枕頭唷～
扭捏
扭捏

#今天是什麼日子

ゴゴゴゴゴゴゴゴ
保險費
生活費
新手機
禮物
可、可惡！又到這天了嗎！

#我在妳心中的份量有多少

妳在我心中的份量也越來越重了喔！
你是說我越來越胖了嗎？

#腦袋裝不下其他東西

30分鐘前……
該準備出門囉！記得帶手機、鑰匙、錢包喔！
好～
沒在聽。

不要在課堂放閃

某天授課中
轟隆!!
講師：綜合口味
啊，同學們都有帶傘嗎？
沒有……
沒有。
沒……
糟糕，我只帶一把傘，只能給我跟助教撐。
助教
我們之間容不下第三個人。
抱歉啦

學生自行練習時間
我去看看大家做得如何～
好喔！
公然在上課看《星期六的情話》
嗯？怎麼回來了？
好羞恥啊啊啊啊啊啊啊啊啊

#難得妳這麼主動

放閉
放傘
OK

#你有喜歡的人嗎

好啊好啊，全世界的人都來我的店裡閃就對了啦！

#碎了的話只有妳可以修補

帥氣離場
他果然很生氣!!
再哭，我的心也要碎了。
(小心我要妳精神賠償)
我剛剛好像被威脅了…?!

#與其抱歉不如抱抱

擒抱術
對不起

#用身體賠

明明說好要我賠的！為什麼是你出錢？
收您五百元。
500
不是那個「賠我」啦。

＃火鍋店點餐也有陷阱題

#蔬菜鍋內也有陷阱題

那我可不可以吃妳的……
這鍋都是我的！想吃自己去加點!!
咆哮！
休想搶我食物！
激起吃貨女友的護食行為……

#神燈精靈

被洗劫一空了……

#男分男拴

某天大家正在一起玩桌遊……
你要畫出讓人一眼就能猜到片名的圖。
可是我沒看過這部電影……
可以畫個意象就好~例如兩個男的……
我不會啦，你握著我的手直接畫吧！
咦？這樣作弊啦……

親愛的，我幫你畫吧～
呃呃呃呃呃?!

#辣辣的更好吃

「辣」是一種痛覺，所以，經歷過更痛苦的事，辣這種痛……就不算什麼了。
……
叼辣椒
辣是痛覺，所以說我辣難道是……跟我交往很痛苦嗎！
吼喔喔!!

#到底是不是自己想歪

這好像已經不是歪或正的問題了？

#老有老的風味

那你想吃很老的牛排，還是想吃很年輕的我呢？
……妳[redacted]歲了。
所以？
嗯！當然很年輕！
在西餐廳約會的話最好謹言慎行唷！

#真的只是想喝水

妳不要在外面說這種話啦……
那等我們回家再繼續♥
……

#正餐之後就是零食

嗯……我要一份
西班牙義大利麵，
A套餐麵加大，
飲料是熱拿鐵無糖，
湯品要一個海鮮濃湯，
加點一個總匯拼盤，
餐後甜點要抹茶蛋糕，
餐前麻煩先上一份
蔓越莓豪華聖代。
那些食物
都去哪了？

呼呼呼哈嗯呼哈

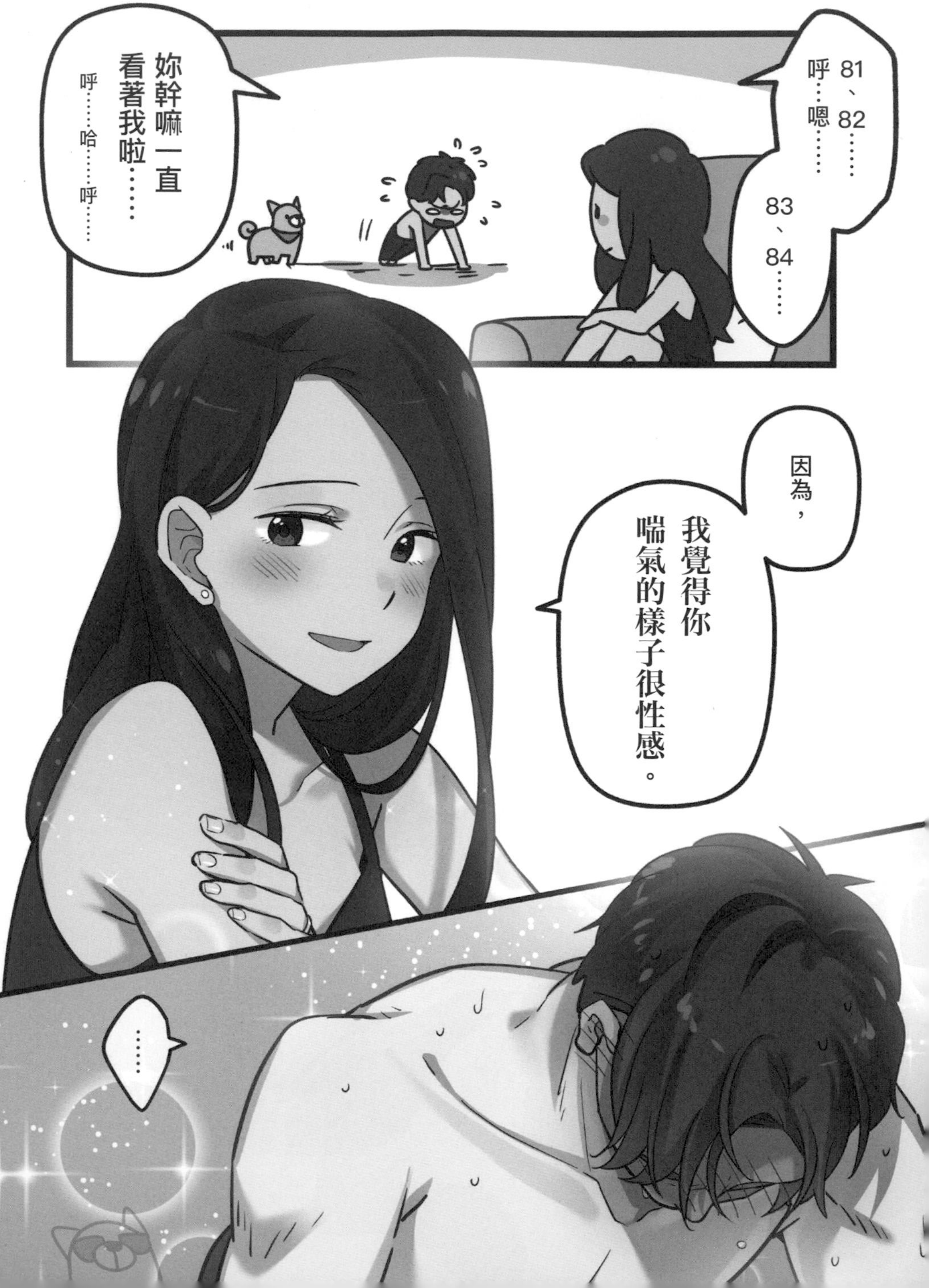

什麼啦！妳喘氣也很——
很怎樣？
很、很……
很、很……
很可愛……
嗯哼～

#重視結果的姊姊

有未成年在的時候不要亂開尺度太大的玩笑比較好唷！

#一個不小心把自己賣掉

這是你的生日禮物～
是禮物兌換券！
上面寫……
金額無上限?!
眞的假的!?
對呀！很難得吧！
任何喜歡的都可以買喔！
那我要用這個，
買妳的人生。

我們兩個人都因為交往這十年來真的已經送到不知道要送什麼禮物，
所以最近這幾年都是送純手工製作禮物兌換券再附帶生日卡一張！
HAPPY BIRTHDAY
禮物券
快去畫圖！要努力賺錢呀！
以往的禮物券額度都差不多在一千元上下，
想說終於交往十週年，就來個金額無上限的，誰料到被想到這樣用！

#人活著就躲不了變老

我們家的摳摳（本名陳俊尾）
是一隻黑尾白貓～
老了的話……
就會變成一隻白貓了！
並不會。

#婚姻平權的真正意義

啊咧～～～妳剛剛是打算說自己美嗎？
哇～～～妳眞是有自知之明呢！
森七七
氣噗噗
願我們愛的人與我們愛的世界上的每個人，都能感受到幸福與快樂！

感謝你的閱讀！
《星期六的情話》是我們固定在每週六於網路上發表的系列。
靈感來自大軒平時就常突然說出一些甜言蜜語，還完全不在意旁人眼光。
最大受害者：摳摳（貓室友）
雖然可能很多人覺得這樣的日常很浪漫，
但其實小莓的反應通常是爆笑比較多。
（並且立刻筆記下來）
情話與笑話只有一線之隔？

為了增加蒐藏價值（？）
除了收錄《星期六的情話》全系列的作品內容之外，
還將舊圖經過大幅度重新繪製，調整成較近期的畫風；
為了適合紙本閱讀，字也改成直式排版。
Old (2017)
小心點啦！
我還想跟妳走一輩子啊！
……！
New (2022)
吼唷！小心點啦！
我還想跟妳走一輩子啊!!
調整後的新版畫面有沒有覺得更精緻了呢？
快說有。
感謝時報出版願意等我們大改圖……
網路上會維持原本的樣子，新畫面、新排版只會呈現在書中！
我們用了超多時間重製這部作品，希望你喜歡這本書！那麼下次見！

星　期　六　的　情　話

S m o o t h S a t u r d a y

星期六的情話：新編完全版❶ / 綜合口味 MixFlavor 著 . -- 初版 . 一 臺北市：時報文化，2023.06；面 ；14.8 ╳ 21 公分 . -- （Fun：098）

ISBN 978-626-353-817-7（平裝）

Fun 098

星期六的情話 新編完全版 ❶

作者 綜合口味 MixFlavor｜主編 尹蘊雯｜ 執行企畫 吳美瑤｜ 美術協力 FE 設計、邵麗如｜編輯總監 蘇清霖 ｜ 董事長 趙政岷 ｜ 出版者 時報文化出版企業股份有限公司 108019 臺北市和平西路三段 240 號 3 樓 發行專線—(02)2306-6842 讀者服務專線—0800-231-705．(02)2304-7103 讀者服務傳真—(02)2304-6858 郵撥—19344724 時報文化出版公司 信箱—10899 臺北華江橋郵局 99 信箱 時報悅讀網—www.readingtimes.com.tw 電子郵件信箱—newlife@readingtimes.com.tw 時報出版愛讀者—www.facebook.com/readingtimes.2 ｜ 法律顧問 理律法律事務所 陳長文律師、李念祖律師 ｜印刷 華展印刷有限公司 ｜ 初版一刷 2023 年 6 月 16 日 ｜ 定價 新臺幣 320 元 ｜ （缺頁或破損的書，請寄回更換）

時報文化出版公司成立於 1975 年，1999 年股票上櫃公開發行，2008 年脫離中時集團非屬旺中，以「尊重智慧與創意的文化事業」為信念。